A Aia

e outros contos

A Aia e outros contos

Autor: Eça de Queirós
Ilustração: Fatinha Ramos / Illustopia.com

© Porto Editora, 2015

Reservados todos os direitos. Esta publicação não pode ser reproduzida nem transmitida, no todo ou em parte, por qualquer processo eletrónico, mecânico, fotocópia, gravação, sem prévia autorização escrita da editora.

Este livro respeita as regras do
Acordo Ortográfico da Língua Portuguesa.

Rua da Restauração, 365
4099-023 Porto | Portugal

www.**portoeditora**.pt

MAI/2015

Execução gráfica **Bloco Gráfico, Lda**. Unidade Industrial da Maia. **Sistema de Gestão Ambiental** certificado pela APCER, com o n.º 2006/AMB.258

DEP. LEGAL 392905/15   ISBN 978-972-0-72667-4

A **cópia ilegal** viola os direitos dos autores.
Os prejudicados somos todos nós.

A Aia

e outros contos

Eça de Queirós

Nota: A presente edição de "A Aia", "O Suave Milagre" e "Civilização" segue a 3.ª edição de *Contos*, compilação publicada em 1913.

A Aia

Era uma vez um rei, moço e valente, senhor de um reino abundante em cidades e searas, que partira a batalhar por terras distantes, deixando solitária e triste a sua rainha e um filhinho, que ainda vivia no seu berço, dentro das suas faixas.

A Lua cheia que o vira marchar, levado no seu sonho de conquista e de fama, começava a minguar — quando um dos seus cavaleiros apareceu, com as armas rotas, negro do sangue seco e do pó dos caminhos, trazendo a amarga nova de uma batalha perdida e da morte do rei, trespassado por sete lanças entre a flor da sua nobreza, à beira de um grande rio.

A rainha chorou magnificamente o rei. Chorou ainda desoladamente o esposo, que era formoso e alegre. Mas, sobretudo, chorou ansiosamente o pai que assim deixava o filhinho desamparado, no meio de tantos inimigos da sua frágil vida e do reino que seria seu, sem um braço que o defendesse, forte pela força e forte pelo amor.

Desses inimigos, o mais temeroso era seu tio, irmão bastardo do rei, homem depravado e bravio, consumido de cobiças grosseiras, desejando só a realeza por causa dos seus tesouros, e que havia anos vivia num castelo sobre os montes, com uma horda de rebeldes, à maneira de um lobo que, de atalaia no seu fojo, espera a presa. Ai! a presa agora era aquela criancinha, rei de mama, senhor de tantas províncias, e que dormia no seu berço com seu guizo de ouro fechado na mão!

Ao lado dele, outro menino dormia noutro berço. Mas este era um escravozinho, filho da bela e robusta escrava que amamentava o príncipe. Ambos tinham nascido na mesma noite de verão. O mesmo seio os criava. Quando a rainha, antes de adormecer, vinha beijar o principezinho, que tinha o cabelo louro e fino, beijava também por amor dele o escravozinho, que tinha o cabelo negro e crespo.

Os olhos de ambos reluziam como pedras preciosas. Somente o berço de um era magnífico e de marfim entre brocados — e o berço do outro pobre e de verga. A leal escrava, porém, a ambos cercava de carinho igual, porque se um era o seu filho — o outro seria o seu rei.

Nascida naquela casa real, ela tinha a paixão, a religião dos seus senhores. Nenhum pranto correra mais sentidamente do que o seu pelo rei morto à beira do grande rio. Pertencia, porém, a uma raça que acredita que a vida da Terra se continua no Céu. O rei seu amo, decerto, já estaria agora reinando num outro reino, para além das nuvens, abundante também em searas e cidades. O seu cavalo de batalha, as suas armas, os seus pajens tinham subido com ele às alturas. Os seus vassalos, que fossem morrendo, prontamente iriam, nesse reino celeste, retomar em torno dele a sua vassalagem. E ela um dia, por seu turno, remontaria num raio de luz a habitar o palácio do seu senhor, e a fiar de novo o linho das suas túnicas, e a acender de novo a caçoleta dos seus perfumes; seria no Céu como fora na Terra, e feliz na sua servidão.

Todavia, também ela tremia pelo seu principezinho! Quantas vezes, com ele pendurado do peito, pensava na sua fragilidade, na sua longa infância, nos anos lentos que correriam antes que ele fosse ao menos do tamanho de uma espada, e naquele tio cruel, de face mais escura que a noite e coração mais escuro que a face, faminto do trono, e espreitando de cima do seu rochedo entre os alfanges da sua horda! Pobre principezinho de sua alma! Com uma ternura maior o apertava então nos braços. Mas se o seu filho chalrava ao lado — era para ele que os seus braços corriam com um ardor mais feliz. Esse, na sua indigência, nada tinha a recear da vida. Desgraças, assaltos da sorte má nunca o poderiam deixar mais despido das glórias e bens do mundo do que já estava ali no seu berço, sob o pedaço de linho branco que resguardava a sua nudez. A existência, na verdade, era para ele mais preciosa e digna de ser conservada que a do seu príncipe, porque nenhum dos duros cuidados com que ela enegrece a alma dos senhores roçaria sequer a sua alma livre e simples de escravo. E, como se o amasse mais por aquela humildade ditosa, cobria o seu corpinho gordo de beijos pesados e devoradores — dos beijos que ela fazia ligeiros sobre as mãos do seu príncipe.

No entanto um grande temor enchia o palácio, onde agora reinava uma mulher entre mulheres. O bastardo, o homem de rapina que errava no cimo das serras, descera à planície com a sua horda, e já através de casais e aldeias felizes ia deixando um sulco de matança e ruínas. As portas da cidade tinham sido seguras com cadeias mais fortes.

Nas atalaias ardiam lumes mais altos. Mas à defesa faltava disciplina viril. Uma roca não governa como uma espada. Toda a nobreza fiel perecera na grande batalha. E a rainha desventurosa apenas sabia correr a cada instante ao berço do seu filhinho e chorar sobre ele a sua fraqueza de viúva. Só a ama leal parecia segura — como se os braços em que estreitava o seu príncipe fossem muralhas de uma cidadela que nenhuma audácia pode transpor.

Ora uma noite, noite de silêncio e de escuridão, indo ela a adormecer, já despida, no seu catre, entre os seus dois meninos, adivinhou, mais que sentiu, um curto rumor de ferro e de briga, longe, à entrada dos vergéis reais. Embrulhada à pressa num pano, atirando os cabelos para trás, escutou ansiosamente. Na terra areada, entre os jasmineiros, corriam passos pesados e rudes. Depois houve um gemido, um corpo tombando molemente sobre lajes, como um fardo. Descerrou violentamente a cortina. E além, ao fundo da galeria, avistou homens, um clarão de lanternas, brilhos de armas... Num relance tudo compreendeu — o palácio surpreendido, o bastardo cruel vindo roubar, matar o seu príncipe! Então, rapidamente, sem uma vacilação, uma dúvida, arrebatou o príncipe do seu berço de marfim, atirou-o para o pobre berço de verga — e tirando o seu filho do berço servil, entre beijos desesperados, deitou-o no berço real, que cobriu com um brocado.

Bruscamente um homem enorme, de face flamejante, com um manto negro sobre a cota de malha, surgiu à porta da câmara, entre outros, que erguiam lanternas. Olhou — correu ao berço de marfim onde os brocados luziam, arrancou a criança, como se arranca uma bolsa de ouro, e, abafando os seus gritos no manto, abalou furiosamente.

O príncipe dormia no seu novo berço. A ama ficara imóvel no silêncio e na treva.

Mas brados de alarme atroaram de repente o palácio. Pelas janelas perpassou o longo flamejar das tochas. Os pátios ressoavam com o bater das armas. E desgrenhada, quase nua, a rainha invadiu a câmara, entre as aias, gritando pelo seu filho! Ao avistar o berço de marfim, com as roupas desmanchadas, vazio, caiu sobre as lajes, num choro, despedaçada. Então calada, muito lenta, muito pálida, a ama descobriu o pobre berço de verga... O príncipe lá estava quieto, adormecido, num sonho que o fazia sorrir, lhe iluminava toda a face entre os seus cabelos de ouro. A mãe caiu sobre o berço, com um suspiro, como cai um corpo morto.

E nesse instante um novo clamor abalou a galeria de mármore. Era o capitão das guardas, a sua gente fiel. Nos seus clamores havia, porém, mais tristeza que triunfo. O bastardo morrera! Colhido, ao fugir, entre o palácio e a cidadela, esmagado pela forte legião de archeiros, sucumbira, ele e vinte da sua horda. O seu corpo lá ficara, com flechas no flanco, numa poça de sangue. Mas, ai! dor sem nome! O corpozinho tenro do príncipe lá ficara também, envolto num manto, já frio, roxo ainda das mãos ferozes que o tinham esganado! Assim tumultuosamente lançavam a nova cruel os homens de armas — quando a rainha, deslumbrada, com lágrimas entre risos, ergueu nos braços, para lho mostrar, o príncipe que despertara.

Foi um espanto, uma aclamação. Quem o salvara? Quem?... Lá estava junto do berço de marfim vazio, muda e hirta, aquela que o salvara! Serva sublimemente leal! Fora ela que, para conservar a vida ao seu príncipe, mandara à morte o seu filho... Então, só então, a mãe ditosa, emergindo da sua alegria extática, abraçou apaixonadamente a mãe dolorosa, e a beijou, e lhe chamou irmã do seu coração... E de entre aquela multidão que se apertava na galeria veio uma nova, ardente aclamação, com súplicas de que fosse recompensada magnificamente a serva admirável que salvara o rei e o reino.

Mas como? Que bolsas de ouro podem pagar um filho? Então um velho de casta nobre lembrou que ela fosse levada ao tesouro real, e escolhesse de entre essas riquezas, que eram como as maiores dos maiores tesouros da Índia, todas as que o seu desejo apetecesse...

A rainha tomou a mão da serva. E sem que a sua face de mármore perdesse a rigidez, com um andar de morta, como num sonho, ela foi assim conduzida para a Câmara dos Tesouros. Senhores, aias, homens de armas, seguiam num respeito tão comovido que apenas se ouvia o roçar das sandálias nas lajes.

As espessas portas do tesouro rodaram lentamente. E, quando um servo destrancou as janelas, a luz da madrugada, já clara e rósea, entrando pelos gradeamentos de ferro, acendeu um maravilhoso e faiscante incêndio de ouro e pedrarias!

Do chão de rocha até às sombrias abóbadas, por toda a câmara, reluziam, cintilavam, refulgiam os escudos de ouro, as armas marchetadas, os montões de diamantes, as pilhas de moedas, os longos fios de pérolas, todas as riquezas daquele reino, acumuladas por cem reis durante vinte séculos. Um longo "Ah!", lento e maravilhado, passou por sobre a turba que emudecera. Depois houve um silêncio, ansioso. E no meio da câmara, envolta na refulgência preciosa, a ama não se movia... Apenas os seus olhos, brilhantes e secos, se tinham erguido para aquele céu que, além das grades, se tingia de rosa e de ouro. Era lá, nesse céu fresco de madrugada, que estava agora o seu menino. Estava lá, e já o Sol se erguia, e era tarde, e o seu menino chorava decerto, e procurava o seu peito!... E então a ama sorriu e estendeu a mão. Todos seguiam, sem respirar, aquele lento mover da sua mão aberta. Que joia maravilhosa, que fio de diamantes, que punhado de rubis, ia ela escolher?

A ama estendia a mão — e sobre um escabelo ao lado, entre um molho de armas, agarrou um punhal. Era um punhal de um velho rei, todo cravejado de esmeraldas, e que valia uma província.

Agarrara o punhal, e com ele apertado fortemente na mão, apontando para o céu, onde subiam os primeiros raios do Sol, encarou a rainha, a multidão, e gritou:

— Salvei o meu príncipe — e agora vou dar de mamar ao meu filho!

E cravou o punhal no coração.

O Suave Milagre

Nesse tempo Jesus ainda se não afastara da Galileia e das doces, luminosas margens do lago de Tiberíade — mas a nova dos seus milagres penetrara já até Enganim, cidade rica, de muralhas fortes, entre olivais e vinhedos, no país de Issacar.

Uma tarde um homem de olhos ardentes e deslumbrados passou no fresco vale e anunciou que um novo profeta, um rabi formoso, percorria os campos e as aldeias da Galileia, predizendo a chegada do Reino de Deus, curando todos os males humanos. E enquanto descansava, sentado à beira da Fonte dos Vergéis, contou ainda que esse rabi, na estrada de Magdala, sarara da lepra o servo de um decurião romano, só com estender sobre ele a sombra das suas mãos; e que noutra manhã, atravessando numa barca para a terra dos Gerazenos, onde começava a colheita do bálsamo, ressuscitara a filha de Jairo, homem considerável e douto que comentava os Livros na Sinagoga. E como em redor, assombrados, seareiros, pastores, e as mulheres trigueiras com a bilha no ombro, lhe perguntassem se esse era, em verdade, o Messias da Judeia, e se diante dele refulgia a espada de fogo, e se o ladeavam, caminhando como as sombras de duas torres, as sombras de Gog e de Magog — o homem, sem mesmo beber daquela água tão fria de que bebera Josué, apanhou o cajado, sacudiu os cabelos, e meteu pensativamente por sob o aqueduto, logo sumido na espessura das amendoeiras em flor. Mas uma esperança, deliciosa como o orvalho nos meses em que canta a cigarra, refrescou as almas simples; logo, por toda a campina que verdeja até Ascalão, o arado pareceu mais brando de enterrar, mais leve de mover a pedra do lagar; as crianças, colhendo ramos de anémonas, espreitavam pelos caminhos se além da esquina do muro, ou de sob o sicómoro, não surgiria uma claridade; e nos bancos de pedra, às portas da cidade, os velhos, correndo os dedos pelos fios das barbas, já não desenrolavam, com tão sapiente certeza, os ditames antigos.

Ora então vivia em Enganim um velho, por nome Obed, de uma família pontifical de Samaria, que sacrificara nas aras do monte Ebal, senhor de fartos rebanhos e de fartas vinhas — e com o coração tão cheio de orgulho como o seu celeiro de trigo. Mas um vento árido e abrasado, esse vento de desolação que, ao mando do Senhor sopra das torvas terras de Assur, matara as reses mais gordas das suas manadas, e pelas encostas onde as suas vinhas se enroscavam ao olmo, e se estiravam na latada airosa, só deixara, em torno dos olmos e pilares despidos, sarmentos, cepas mirradas e a parra roída de crespa ferrugem. E Obed, agachado à soleira da sua porta, com a ponta do manto sobre a face, palpava a poeira, lamentava a velhice, ruminava queixumes contra Deus cruel.

Apenas ouvira falar desse novo rabi da Galileia, que alimentava as multidões, amedrontava os demónios, emendava todas as desventuras — Obed, homem lido, que viajara na Fenícia, logo pensou que Jesus seria um desses feiticeiros, tão costumados na Palestina, como Apolónio, ou rabi Ben-Dossa, ou Simão, o Subtil. Esses, mesmo nas noites tenebrosas, conversam com as estrelas, para eles sempre claras e fáceis nos seus segredos; com uma vara afugentam de sobre as searas os moscardos gerados nos lodos do Egito; e agarram entre os dedos as sombras das árvores, que conduzem, como toldos benéficos, para cima das eiras, à hora da sesta. Jesus da Galileia, mais novo, com magias mais viçosas decerto, se ele largamente o pagasse, sustaria a mortandade dos seus gados, reverdeceria os seus vinhedos. Então Obed ordenou aos seus servos que partissem, procurassem por toda a Galileia o rabi novo, e com promessa de dinheiros ou alfaias o trouxessem a Enganim, no país de Issacar.

Os servos apertaram os cinturões de couro — e largaram pela estrada das caravanas que, costeando o lago, se estende até Damasco. Uma tarde, avistaram sobre o poente, vermelho como uma romã muito madura, as neves finas do monte Hérmon. Depois, na frescura de uma manhã macia, o lago de Tiberíade resplandeceu diante deles, transparente, coberto de silêncio, mais azul que o céu, todo orlado de prados floridos, de densos vergéis, de rochas de pórfiro, e de alvos terraços por entre os pomares, sob o voo das rolas. Um pescador que desamarrava preguiçosamente a sua barca de uma ponta de relva, assombreada de aloendros, escutou, sorrindo, os servos. O rabi de Nazaré? Oh! desde o mês de Ijar, o rabi descera, com os seus discípulos, para os lados para onde o Jordão leva as águas.

Os servos, correndo, seguiram pelas margens do rio, até adiante do vau, onde ele se estira num largo remanso, e descansa, e um instante dorme, imóvel e verde, à sombra dos tamarindos. Um homem da tribo dos Essénios, todo vestido de linho branco, apanhava lentamente ervas salutares, pela beira da água, com um cordeirinho branco ao colo. Os servos humildemente saudaram-no, porque o povo ama aqueles homens de coração tão limpo, e claro, e cândido como as suas vestes, cada manhã lavadas em tanques purificados. E sabia ele da passagem do novo rabi da Galileia, que, como os Essénios, ensinava a doçura, e curava as gentes e os gados? O Essénio murmurou que o rabi atravessara o oásis de Engaddi, depois se adiantara para além... — Mas onde, "além"? — Movendo um ramo de flores roxas que colhera, o Essénio mostrou as terras de além--Jordão, a planície de Moab. Os servos vadearam o rio — e debalde procuraram Jesus, arquejando pelos rudes trilhos, até às fragas onde se ergue a cidadela sinistra de Makaur... No Poço de Jacob repousava uma larga caravana, que conduzia para o Egito mirra, especiarias e bálsamos de Gilead; e os cameleiros, tirando a água com os baldes de couro, contaram aos servos de Obed que em Gadara, pela Lua nova, um rabi maravilhoso, maior que David ou Isaías, arrancara sete demónios do peito de uma tecedeira, e que, à sua voz, um homem degolado pelo salteador Barrabás se erguera da sua sepultura e recolhera ao seu horto. Os servos, esperançados, subiram logo açodadamente pelo caminho dos peregrinos até Gadara, cidade de altas torres, e ainda mais longe até às Nascentes de Amalha... Mas Jesus, nessa madrugada, seguido por um povo que cantava e sacudia ramos de mimosa, embarcara no lago, num batel de pesca, e à vela navegara para Magdala. E os servos de Obed, descoroçoados, de novo passaram o Jordão na Ponte das Filhas de Jacob. Um dia, já com as sandálias rotas dos longos caminhos, pisando já as terras da Judeia Romana, cruzaram um fariseu sombrio, que recolhia a Efraim, montado na sua mula. Com devota reverência detiveram o homem da Lei. Encontrara ele, por acaso, esse profeta novo da Galileia que, como um deus passeando na Terra, semeava milagres? A adunca face do fariseu escureceu enrugada — e a sua cólera retumbou como um tambor orgulhoso:

— Oh escravos pagãos! Oh blasfemos! Onde ouvistes que existissem profetas ou milagres fora de Jerusalém? Só Jeová tem força no seu Templo. De Galileia surdem os néscios e os impostores...

E, como os servos recuavam ante o seu punho erguido, todo enrodilhado de dísticos sagrados — o furioso doutor saltou da mula e, com as pedras da estrada, apedrejou os servos de Obed, uivando: "Racca! Racca!" e todos os anátemas rituais. Os servos fugiram para Enganim. E grande foi a desconsolação de Obed, porque os seus gados morriam, as suas vinhas secavam — e todavia, radiantemente, como uma alvorada por detrás de serras, crescia, consoladora e cheia de promessas divinas, a fama de Jesus da Galileia.

Por esse tempo, um centurião romano, Públio Sétimo, comandava o forte que domina o vale de Cesareia, até à cidade e ao mar. Públio, homem áspero, veterano da campanha de Tibério contra os Partas, enriquecera durante a revolta de Samaria com presas e saques, possuía minas na Ática, e gozava, como favor supremo dos deuses, a amizade de Flaco, legado imperial da Síria. Mas uma dor roía a sua prosperidade muito poderosa, como um verme rói um fruto muito suculento. Sua filha única, para ele mais amada que vida e bens, definhava com um mal subtil e lento, estranho mesmo ao saber dos esculápios e mágicos que ele mandara consultar a Sídon e a Tiro. Branca e triste como a Lua num cemitério, sem um queixume, sorrindo palidamente a seu pai, definhava, sentada na alta esplanada do forte, sob um velário, alongando saudosamente os negros olhos tristes pelo azul do mar de Tiro, por onde ela navegara de Itália, numa opulenta galera. Ao seu lado, por vezes, um legionário, entre as ameias, apontava vagarosamente ao alto a flecha, e varava uma grande águia, voando de asa serena, no céu rutilante. A filha de Sétimo seguia um momento a ave torneando até bater morta sobre as rochas — depois, com um suspiro, mais triste e mais pálida, recomeçava a olhar para o mar.

Então Sétimo, ouvindo contar, a mercadores de Corazim, deste rabi admirável, tão potente sobre os espíritos, que sarava os males tenebrosos da alma, destacou três decúrias de soldados para que o procurassem pela Galileia, e por todas as cidades da Decápole, até à costa e até Ascalão. Os soldados enfiaram os escudos nos sacos de lona, espetaram nos elmos ramos de oliveira — e as suas sandálias ferradas apressadamente se afastaram, ressoando sobre as lajes de basalto da estrada romana que desde Cesareia até ao lago corta toda a tetrarquia de Herodes. As suas armas, de noite, brilhavam no topo das colinas, por entre a chama ondeante dos archotes erguidos. De dia invadiam os casais, rebuscavam a espessura dos pomares, esfuracavam com a ponta das lanças a palha das medas; e as mulheres, assustadas, para os amansar, logo acudiam com bolos de mel, figos novos e malgas cheias de vinho, que eles bebiam de um trago, sentados à sombra dos sicómoros. Assim correram a Baixa Galileia — e, do rabi, só encontraram o sulco luminoso nos corações. Enfastiados com as inúteis marchas, desconfiando que os Judeus sonegassem o seu feiticeiro para que os Romanos não aproveitassem do superior feitiço, derramavam com tumulto a sua cólera, através da piedosa terra submissa. À entrada das pontes detinham os peregrinos, gritando o nome do rabi, rasgando os véus às virgens: e, à hora em que os cântaros se enchem nas cisternas, invadiam as ruas estreitas dos burgos, penetravam nas sinagogas, e batiam sacrilegamente com os punhos das espadas nas Thebahs, os santos armários de cedro que continham os

Livros Sagrados. Nas cercanias de Hébron arrastaram os solitários pelas barbas para fora das grutas, para lhes arrancar o nome do deserto ou do palmar em que se ocultava o rabi — e dois mercadores fenícios que vinham de Jope com uma carga de malóbatro, e a quem nunca chegara o nome de Jesus, pagaram por esse delito cem dracmas a cada decurião. Já a gente dos campos, mesmo os bravios pastores de Idumeia, que levam as reses brancas para o Templo, fugiam espavoridos para as serranias, apenas luziam, nalguma volta do caminho, as armas do bando violento. E da beira dos eirados, as velhas sacudiam como taleigos a ponta dos cabelos desgrenhados, e arrojavam sobre eles as Más Sortes, invocando a vingança de Elias. Assim tumultuosamente erraram até Ascalão: não encontraram Jesus; e retrocederam ao longo da costa, enterrando as sandálias nas areias ardentes.

Uma madrugada, perto de Cesareia, marchando num vale, avistaram sobre um outeiro um verde-negro bosque de loureiros, onde alvejava, recolhidamente, o fino e claro pórtico de um templo. Um velho, de compridas barbas brancas, coroado de folhas de louro, vestido com uma túnica cor de açafrão, segurando uma curta lira de três cordas, esperava gravemente, sobre os degraus de mármore, a aparição do Sol. De baixo, agitando um ramo de oliveira, os soldados bradaram pelo sacerdote. Conhecia ele um novo profeta que surgira na Galileia, e tão destro em milagres que ressuscitava os mortos e mudava a água em vinho? Serenamente, alargando os braços, o sereno velho exclamou por sobre a rociada verdura do vale:

— Oh romanos! pois acreditais que em Galileia ou Judeia apareçam profetas consumando milagres? Como pode um bárbaro alterar a Ordem instituída por Zeus?... Mágicos e feiticeiros são vendilhões, que murmuram palavras ocas, para arrebatar a espórtula dos simples... Sem a permissão dos Imortais nem um galho seco pode tombar da árvore, nem seca folha pode ser sacudida na árvore. Não há profetas, não há milagres... Só Apolo Délfico conhece o segredo das coisas!

Então, devagar, com a cabeça derrubada, como numa tarde de derrota, os soldados recolheram à fortaleza de Cesareia. E grande foi o desespero de Sétimo, porque sua filha morria, sem um queixume, olhando o mar de Tiro — e todavia a fama de Jesus, curador dos lânguidos males, crescia, sempre mais consoladora e fresca, como a aragem da tarde que sopra do Hérmon e, através dos hortos, reanima e levanta as açucenas pendidas.

Ora entre Enganim e Cesareia, num casebre desgarrado, sumido na prega de um cerro, vivia a esse tempo uma viúva, mais desgraçada mulher que todas as mulheres de Israel. O seu filhinho único, todo aleijado, passara do magro peito a que ela o criara para os farrapos da enxerga apodrecida, onde jazera, sete anos passados, mirrando e gemendo. Também a ela a doença a engelhara dentro dos trapos nunca mudados, mais escura e torcida que uma cepa arrancada. E, sobre ambos, espessamente a miséria cresceu como o bolor sobre cacos perdidos num ermo. Até na lâmpada de barro vermelho secara há muito o azeite. Dentro da arca pintada não restava grão ou côdea. No estio, sem pasto, a cabra morrera. Depois, no quinteiro, secara a figueira. Tão longe do povoado, nunca esmola de pão ou mel entrava o portal. E só ervas apanhadas nas fendas das rochas, cozidas sem sal, nutriam aquelas criaturas de Deus na Terra Escolhida, onde até às aves maléficas sobrava o sustento!

Um dia um mendigo entrou no casebre, repartiu do seu farnel com a mãe amargurada, e um momento sentado na pedra da lareira, coçando as feridas das pernas, contou dessa grande esperança dos tristes, esse rabi que aparecera na Galileia, e de um pão no mesmo cesto fazia sete, e amava todas as criancinhas, e enxugava todos os prantos, e prometia aos pobres um grande e luminoso reino, de abundância maior que a corte de Salomão. A mulher escutava, com olhos famintos. E esse doce rabi, esperança dos tristes, onde se encontrava? O mendigo suspirou. Ah esse doce rabi! quantos o desejavam, que se desesperançavam! A sua fama andava por sobre toda a Judeia, como o sol que até por qualquer velho muro se estende e se goza; mas para enxergar a claridade do seu rosto, só aqueles ditosos que o seu desejo escolhia. Obed, tão rico, mandara os seus servos por toda a Galileia para que procurassem Jesus, o chamassem com promessas a Enganim; Sétimo, tão soberano, destacara os seus soldados até à costa do mar, para que buscassem Jesus, o conduzissem, por seu mando, a Cesareia. Errando, esmolando por tantas estradas, ele topara os servos de Obed, depois os legionários de Sétimo. E todos voltavam, como derrotados, com as sandálias rotas, sem ter descoberto em que mata ou cidade, em que toca ou palácio, se escondia Jesus.

A tarde caía. O mendigo apanhou o seu bordão, desceu pelo duro trilho, entre a urze e a rocha. A mãe retomou o seu canto, mais vergada, mais abandonada. E então o filhinho, num murmúrio mais débil que o roçar de uma asa, pediu à mãe que lhe trouxesse esse rabi que amava as criancinhas, ainda as mais pobres, sarava os males, ainda os mais antigos. A mãe apertou a cabeça esguedelhada:

— Oh filho! e como queres que te deixe, e me meta aos caminhos, à procura do rabi da Galileia? Obed é rico e tem servos, e debalde buscaram Jesus, por areais e colinas, desde Corazim até ao país de Moab. Sétimo é forte e tem soldados, e debalde correram por Jesus, desde o Hébron até ao mar! Como queres que te deixe? Jesus anda por muito longe e a nossa dor mora connosco, dentro destas paredes, e dentro delas nos prende. E mesmo que o encontrasse, como convenceria eu o rabi tão desejado, por quem ricos e fortes suspiram, a que descesse através das cidades até este ermo, para sarar um entrevadinho tão pobre, sobre enxerga tão rota?

A criança, com duas longas lágrimas na face magrinha, murmurou:

— Oh mãe! Jesus ama todos os pequeninos. E eu ainda tão pequeno, e com um mal tão pesado, e que tanto queria sarar!

E a mãe, em soluços:

— Oh meu filho, como te posso deixar? Longas são as estradas da Galileia, e curta a piedade dos homens. Tão rota, tão trôpega, tão triste, até os cães me ladrariam da porta dos casais. Ninguém atenderia o meu recado, e me apontaria a morada do doce rabi. Oh filho! talvez Jesus morresse... Nem mesmo os ricos e os fortes o encontram. O Céu o trouxe, o Céu o levou. E com ele para sempre morreu a esperança dos tristes.

De entre os negros trapos, erguendo as suas pobres mãozinhas que tremiam, a criança murmurou:

— Mãe, eu queria ver Jesus...

E logo, abrindo devagar a porta e sorrindo, Jesus disse à criança:

— Aqui estou.

Civilização

I

Eu possuo preciosamente um amigo (o seu nome é Jacinto) que nasceu num palácio, com quarenta contos de renda em pingues terras de pão, azeite e gado.

Desde o berço, onde sua mãe, senhora gorda e crédula de Trás-os-Montes, espalhava, para reter as Fadas Benéficas, funcho e âmbar, Jacinto fora sempre mais resistente e são que um pinheiro das dunas. Um lindo rio, murmuroso e transparente, com um leito muito liso de areia muito branca, refletindo apenas pedaços lustrosos de um céu de verão ou ramagens sempre verdes e de bom aroma, não ofereceria, àquele que o descesse numa barca cheia de almofadas e de champanhe gelado, mais doçura e facilidades do que a vida oferecia ao meu camarada Jacinto. Não teve sarampo e não teve lombrigas. Nunca padeceu, mesmo na idade em que se lê Balzac e Musset, os tormentos da sensibilidade. Nas suas amizades foi sempre tão feliz como o clássico Orestes. Do amor só experimentara o mel — esse mel que o amor invariavelmente concede a quem o pratica, como as abelhas, com ligeireza e mobilidade. Ambição, sentira somente a de compreender bem as ideias gerais, e a "ponta do seu intelecto" (como diz o velho cronista medieval) não estava ainda romba nem ferrugenta... E, todavia, desde os vinte e oito anos, Jacinto já se vinha repastando de Schopenhauer, do *Eclesiastes*, de outros pessimistas menores, e três, quatro vezes por dia, bocejava, com um bocejo cavo e lento, passando os dedos finos sobre as faces, como se nelas só palpasse palidez e ruína. Porquê?

Era ele, de todos os homens que conheci, o mais complexamente civilizado — ou antes aquele que se munira da mais vasta soma de civilização material, ornamental e intelectual. Nesse palácio (floridamente chamado o *Jasmineiro*) que seu pai, também Jacinto, construíra sobre uma honesta casa do século XVII, assoalhada a pinho e branqueada a cal — existia, creio eu, tudo quanto para bem do espírito ou da matéria os homens têm criado, através da incerteza e dor, desde que abandonaram o vale feliz de Septa-Sindu, a Terra das Águas Fáceis, o doce país ariano. A biblioteca — que em duas salas, amplas e claras como praças, forrava as paredes, inteiramente, desde os tapetes de Caramânia até ao teto, donde, alternadamente, através de cristais, o sol e a eletricidade vertiam uma luz estudiosa e calma — continha vinte e cinco mil volumes, instalados em ébano, magnificamente revestidos de marroquim escarlate. Só sistemas filosóficos (e, com justa prudência, para poupar espaço, o bibliotecário apenas colecionara os que irreconciliavelmente se contradizem) havia mil oitocentos e dezassete!

Uma tarde que eu desejava copiar um ditame de Adam Smith, percorri, buscando este economista ao longo das estantes, oito metros de economia política! Assim se achava formidavelmente abastecido o meu amigo Jacinto de todas as obras essenciais da inteligência — e mesmo da estupidez. E o único inconveniente deste monumental armazém do saber era que todo aquele que lá penetrava inevitavelmente lá adormecia, por causa das poltronas, que, providas de finas pranchas móveis para sustentar o livro, o charuto, o lápis das notas, a taça de café, ofereciam ainda uma combinação oscilante e flácida de almofadas, onde o corpo encontrava logo, para mal do espírito, a doçura, a profundidade e a paz estirada de um leito.

Ao fundo, e como um altar-mor, era o gabinete de trabalho de Jacinto. A sua cadeira, grave e abacial, de couro,

com brasões, datava do século XIV, e em torno dela pendiam numerosos tubos acústicos, que, sobre os panejamentos de seda cor de musgo e cor de hera, pareciam serpentes adormecidas e suspensas num velho muro de quinta. Nunca recordo sem assombro a sua mesa, recoberta toda de sagazes e subtis instrumentos para cortar papel, numerar páginas, colar estampilhas, aguçar lápis, raspar emendas, imprimir datas, derreter lacre, cintar documentos, carimbar contas! Uns de níquel, outros de aço, rebrilhantes e frios, todos eram de um manejo laborioso e lento: alguns, com as molas rígidas, as pontas vivas, brilhavam e feriam: e nas largas folhas de papel *Whatman* em que ele escrevia, e que custavam quinhentos réis, eu por vezes surpreendi gotas de sangue do meu amigo. Mas a todos ele considerava indispensáveis para compor as suas cartas (Jacinto não compunha obras) assim como os trinta e cinco dicionários, e os manuais, e as enciclopédias, e os guias, e os diretórios, atulhando uma estante isolada, esguia, em forma de torre, que silenciosamente girava sobre o seu pedestal e que eu denominara o Farol. O que, porém, mais completamente imprimia àquele gabinete um portentoso carácter de civilização eram, sobre as suas peanhas de carvalho, os grandes aparelhos, facilitadores do pensamento — a máquina de escrever, os autocopistas, o telégrafo Morse, o fonógrafo, o telefone, o teatrofone, outros ainda, todos com metais luzidios, todos com longos fios. Constantemente sons curtos e secos retiniam no ar morno daquele santuário. Tique, tique, tique! Dlim, dlim, dlim! Craque, craque, craque! Trrre, trrre,

trrre!... Era o meu amigo comunicando. Todos esses fios mergulhados em forças universais transmitiam forças universais. E elas nem sempre, desgraçadamente, se conservavam domadas e disciplinadas! Jacinto recolhera no fonógrafo a voz do conselheiro Pinto Porto, uma voz oracular e rotunda, no momento de exclamar com respeito, com autoridade:

— *Maravilhosa invenção! Quem não admirará os progressos deste século?*

Pois, numa doce noite de S. João, o meu supercivilizado amigo, desejando que umas senhoras parentes de Pinto Porto (as amáveis Gouveias) admirassem o fonógrafo, fez romper do bocarrão do aparelho, que parece uma trompa, a conhecida voz rotunda e oracular:

— *Quem não admirará os progressos deste século?*

Mas, inábil ou brusco, certamente desconcertou alguma mola vital — porque de repente o fonógrafo começa a redizer, sem descontinuação, interminavelmente, com uma sonoridade cada vez mais rotunda, a sentença do conselheiro:

— *Quem não admirará os progressos deste século?*

Debalde Jacinto, pálido, com os dedos trémulos, torturava o aparelho. A exclamação recomeçava, rolava, oracular e majestosa:

— *Quem não admirará os progressos deste século?*

Enervados, retirámos para uma sala distante, pesadamente revestida de panos de Arrás. Em vão! A voz de Pinto Porto lá estava, entre os panos de Arrás, implacável e rotunda:

— *Quem não admirará os progressos deste século?*

Furiosos, enterrámos uma almofada na boca do fonógrafo, atirámos por cima mantas, cobertores espessos, para sufocar a voz abominável. Em vão! Sob a mordaça, sob as grossas lãs, a voz rouquejava, surda mas oracular:

— *Quem não admirará os progressos deste século?*

As amáveis Gouveias tinham abalado, apertando desesperadamente os xales sobre a cabeça. Mesmo à cozinha, onde nos refugiámos, a voz descia, engasgada e gosmosa:

— *Quem não admirará os progressos deste século?*
Fugimos espavoridos para a rua.

Era de madrugada. Um fresco bando de raparigas, de volta das fontes, passava cantando com braçados de flores:

Todas as ervas são bentas
Em manhã de S. João...

Jacinto, respirando o ar matinal, limpava as bagas lentas do suor. Recolhemos ao *Jasmineiro*, com o Sol já alto, já quente. Muito de manso abrimos as portas, como no receio de despertar *alguém*. Horror! Logo da antecâmara percebemos sons estrangulados, roufenhos: "*admirará... progressos... século!...*" Só de tarde um eletricista pôde emudecer aquele fonógrafo horrendo.

Bem mais aprazível (para mim) do que esse gabinete temerosamente atulhado de civilização — era a sala de jantar, pelo seu arranjo compreensível, fácil e íntimo. À mesa só cabiam seis amigos que Jacinto escolhia com critério na literatura, na arte e na metafísica e que, entre as tapeçarias de Arrás, representando colinas, pomares e portos da Ática, cheias de classicismo e de luz, renovavam ali repetidamente banquetes que, pela sua intelectualidade, lembravam os de Platão. Cada garfada se cruzava com um pensamento ou com palavras destramente arranjadas em forma de pensamento.

E a cada talher correspondiam seis garfos, todos de feitios dissemelhantes e astuciosos — um para as ostras, outro para o peixe, outro para as carnes, outro para os

legumes, outro para a fruta, outro para o queijo. Os copos, pela diversidade dos contornos e das cores, faziam, sobre a toalha mais reluzente que esmalte, como ramalhetes silvestres espalhados por cima de neve. Mas Jacinto e os seus filósofos, lembrando o que o experiente Salomão ensina sobre as ruínas e amarguras do vinho, bebiam apenas em três gotas de água uma gota de Bordéus (Chateaubriand, 1860). Assim o recomendam Hesíodo no seu *Nereu*, Díocles nas suas *Abelhas*. E de águas havia sempre no *Jasmineiro* um luxo redundante — águas geladas, águas carbonatadas, águas esterilizadas, águas gasosas, águas de sais, águas minerais, outras ainda, em garrafas sérias, com tratados terapêuticos impressos no rótulo... O cozinheiro, mestre Sardão, era daqueles que Anaxágoras equiparava aos Retóricos, aos Oradores, a todos os que sabem a arte divina de "temperar e servir a Ideia": e em Síbaris, cidade do Viver Excelente, os magistrados teriam votado a mestre Sardão, pelas festas de Juno Lacínia, a coroa de folhas de ouro e a túnica milésia que se devia aos benfeitores cívicos. A sua sopa de alcachofras e ovas de carpa; os seus filetes de veado macerados em velho Madeira com puré de nozes; as suas amoras geladas em éter, outros acepipes ainda, numerosos e profundos (e os únicos que tolerava o meu Jacinto), eram obras de um artista, superior pela abundância das ideias novas — e juntavam sempre a raridade do sabor à magnificência da forma. Tal prato desse mestre incomparável parecia, pela ornamentação, pela graça florida dos lavores, pelo arranjo dos coloridos frescos e cantantes, uma joia esmaltada do cinzel de Cellini ou Meurice. Quantas tardes eu desejei fotografar aquelas composições de excelente fantasia, antes que o trinchante as retalhasse! E esta superfinidade do comer condizia deliciosamente com a do servir. Por sobre um tapete, mais fofo e mole que o musgo da floresta da Brocelanda, deslizavam, como sombras fardadas de branco, cinco criados e um pajem preto, à maneira vistosa do século XVIII. As travessas (de prata) subiam da cozinha e da copa por dois ascensores, um para as iguarias quentes, forrado de tubos onde a água fervia; outro, mais lento, para as iguarias frias, forrado de zinco, amónia e sal, e ambos escondidos por flores tão densas e viçosas, que era como se até a sopa saísse fumegando dos românticos jardins de Armida. E muito bem me lembro de um domingo de maio em que, jantando com Jacinto um bispo, o erudito bispo de Corazim, o peixe emperrou no meio do ascensor, sendo necessário que acudissem, para o extrair, pedreiros com alavancas.

II

Nas tardes em que havia "banquete de Platão" (que assim denominávamos essas festas de trufas e ideias gerais), eu, vizinho e íntimo, aparecia ao declinar do Sol e subia familiarmente ao quarto do nosso Jacinto — onde o encontrava sempre incerto entre as suas casacas, porque as usava alternadamente de seda, de pano, de flanelas Jaegher e de *foulard* das Índias. O quarto respirava o frescor e aroma do jardim por duas vastas janelas, providas magnificamente (além das cortinas de seda mole Luís XV) de uma vidraça exterior de cristal inteiro, de uma vidraça interior de cristais miúdos, de um toldo rolando na cimalha, de um estore de sedinha frouxa, de gazes que franziam e se enrolavam como nuvens, e de uma gelosia móvel de gradaria mourisca. Todos estes resguardos (sábia invenção de Holland & C.ª, de Londres) serviam a graduar a luz e o ar — segundo os avisos de termómetros, barómetros e higrómetros, montados em ébano, e a que um meteorologista (Cunha Guedes) vinha, todas as semanas, verificar a precisão.

Entre estas duas varandas rebrilhava a mesa de *toilette*, uma mesa enorme de vidro, toda de vidro, para a tornar impenetrável aos micróbios, e coberta de todos esses utensílios de asseio e alinho que o homem do século XIX necessita numa capital, para não desfear o conjunto sumptuário da civilização. Quando o nosso Jacinto, arrastando as suas engenhosas chinelas de pelica e seda, se acercava desta ara — eu, bem aconchegado num divã, abria com indolência uma revista, ordinariamente a *Revista Eletropática*, ou a das *Indagações Psíquicas*. E Jacinto começava... Cada um desses utensílios de aço, de marfim, de prata, impunham ao meu amigo, pela influência omnipoderosa que as coisas exercem sobre o dono (*sunt tyranniæ rerum*) o dever de o utilizar com aptidão e deferência. E assim as operações do alindamento de Jacinto apresentavam a prolixidade, reverente e insuprimível, dos ritos de um sacrifício.

Começava pelo cabelo... Com uma escova chata, redonda e dura, acamava o cabelo, corredio e louro, no alto, aos lados da risca; com uma escova estreita e recurva, à maneira do alfange de um persa, ondeava o cabelo sobre a orelha; com uma escova côncava, em forma de telha, empastava o cabelo, por trás, sobre a nuca... Respirava e sorria. Depois, com uma escova de longas cerdas, fixava o bigode; com uma escova leve e flácida acurvava as sobrancelhas; com uma escova feita de penugem regularizava as pestanas. E deste modo Jacinto ficava diante do espelho, passando pelos sobre o seu pelo, durante catorze minutos.

Penteado e cansado, ia purificar as mãos. Dois criados, ao fundo, manobravam com perícia e vigor os aparelhos do lavatório — que era apenas um resumo dos maquinismos monumentais da sala de banho. Ali, sobre o mármore verde e róseo do lavatório, havia apenas dois duches (quente e frio) para a cabeça; quatro jatos, graduados desde zero até cem graus; o vaporizador de perfumes; a fonte de água esterilizada (para os dentes); o repuxo para a barba; e ainda torneiras que rebrilhavam e botões de ébano que, de leve roçados, desencadeavam o marulho e o estridor de torrentes nos Alpes... Nunca eu, para molhar os dedos, me cheguei àquele lavatório sem terror — escarmentado da tarde amarga de janeiro em que bruscamente, dessoldada a torneira, o jato de água a cem graus rebentou, silvando e fumegando, furioso, devastador... Fugimos todos, espavoridos. Um clamor atroou o *Jasmineiro*. O velho Grilo, escudeiro que fora do Jacinto pai, ficou coberto de empolas na face, nas mãos fiéis.

Quando Jacinto acabava de se enxugar laboriosamente a toalhas de felpo, de linho, de corda entrançada (para restabelecer a circulação), de seda frouxa (para lustrar a pele) bocejava, com um bocejo cavo e lento.

E era este bocejo, perpétuo e vago, que nos inquietava a nós, seus amigos e filósofos. Que faltava a este homem excelente? Ele tinha a sua inabalável saúde de pinheiro bravo, crescido nas dunas; uma luz da inteligência, própria a tudo alumiar, firme e clara sem tremor ou morrão; quarenta magníficos contos de renda; todas as simpatias de uma cidade chasqueadora e cética; uma vida varrida de sombras, mais liberta e lisa do que um céu de verão... E todavia bocejava constantemente, palpava na face, com os dedos finos, a palidez e as rugas. Aos trinta anos Jacinto corcovava, como sob um fardo injusto! E pela morosidade desconsolada de toda a sua ação parecia ligado, desde os dedos até à vontade, pelas malhas apertadas de uma rede que se não via e que o travava. Era doloroso testemunhar o fastio com que ele, para apontar um endereço, tomava o seu lápis pneumático, a sua pena elétrica — ou, para avisar o cocheiro, apanhava o tubo telefónico!...

Neste mover lento do braço magro, nos vincos que lhe arrepanhavam o nariz, mesmo nos seus silêncios, longos e derreados, se sentia o brado constante que lhe ia na alma: "Que maçada! Que maçada!" Claramente, a vida era para Jacinto um cansaço — ou por laboriosa e difícil, ou por desinteressante e oca... Por isso o meu pobre amigo procurava constantemente juntar à sua vida novos interesses, novas facilidades. Dois inventores, homens de muito zelo e pesquisa, estavam encarregados, um em Inglaterra, outro na América, de lhe noticiar e de lhe fornecer todas as invenções, as mais miúdas, que concorressem a aperfeiçoar a confortabilidade do *Jasmineiro*. De resto, ele próprio se correspondia com Edison. E, pelo lado do pensamento, Jacinto não cessava também de buscar interesses e emoções que o reconciliassem com a vida — penetrando à cata dessas emoções e desses interesses pelas veredas mais desviadas do saber, a ponto de devorar, desde janeiro a março, setenta e sete volumes sobre a *evolução das ideias morais entre as raças negroides*. Ah! nunca homem deste século batalhou mais esforçadamente contra a *seca de viver*! Debalde! Mesmo de explorações tão cativantes como essa, através da moral dos negroides, Jacinto regressava mais murcho, com bocejos mais cavos!

E era então que ele se refugiava intensamente na leitura de Schopenhauer e do *Eclesiastes*. Porquê? Sem dúvida porque ambos esses pessimistas o confirmavam nas conclusões que ele tirava de uma experiência paciente e rigorosa:

"que tudo é vaidade ou dor, que quanto mais se sabe, mais se pena, e que ter sido rei de Jerusalém e obtido os gozos todos na vida só leva a maior amargura..." Mas porque rolara assim a tão escura desilusão — o saudável, rico, sereno e intelectual Jacinto? O velho escudeiro Grilo pretendia que "Sua Excelência sofria de fartura!"

III

Ora justamente depois desse inverno, em que ele se embrenhara na moral dos negroides e instalara a luz elétrica entre os arvoredos do jardim, sucedeu que Jacinto teve a necessidade moral iniludível de partir para o Norte, para o seu velho solar de Torges. Jacinto não conhecia Torges, e foi com desusado tédio que ele se preparou, durante sete semanas, para essa jornada agreste. A quinta fica nas serras — e a rude casa solarenga, onde ainda resta uma torre do século XV, estava ocupada, havia trinta anos, pelos caseiros, boa gente de trabalho, que comia o seu caldo entre a fumaraça da lareira e estendia o trigo a secar nas salas senhoriais.

Jacinto, logo nos começos de março, escrevera cuidadosamente ao seu procurador Sousa, que habitava a aldeia de Torges, ordenando-lhe que compusesse os telhados, caiasse os muros, envidraçasse as janelas. Depois mandou expedir, por comboios rápidos, em caixotes que transpunham a custo os portões do *Jasmineiro*, todos os confortos necessários a duas semanas de montanha — camas de penas, poltronas, divãs, lâmpadas de Carcel, banheiras de níquel, tubos acústicos para chamar os escudeiros, tapetes persas para amaciar os soalhos. Um dos cocheiros partiu com um cupé, uma vitória, um breque, mulas e guizos.

Depois foi o cozinheiro, com a bateria, a garrafeira, a geleira, bocais de trufas, caixas profundas de águas minerais. Desde o amanhecer, nos pátios largos do palacete, se pregava, se martelava, como na construção de uma cidade. E as bagagens, desfilando, lembravam uma página de Heródoto ao narrar a invasão persa. Jacinto emagrecera com os cuidados daquele Êxodo. Por fim, largámos numa manhã de junho, com o Grilo, e trinta e sete malas.

Eu acompanhava Jacinto, no meu caminho para Goães, onde vive minha tia, a uma légua farta de Torges; e íamos num vagão reservado, entre vastas almofadas, com perdizes e champanhe num cesto. A meio da jornada devíamos mudar de comboio — nessa estação que tem um nome sonoro em *ola* e um tão suave e cândido jardim de roseiras brancas. Era domingo de imensa poeira e sol — e encontrámos aí, enchendo a plataforma estreita, todo um povaréu festivo que vinha da romaria de S. Gregório da Serra.

Para aquele trasbordo, em tarde de arraial, o horário só nos concedia três minutos avaros. O outro comboio já esperava, rente aos alpendres, impaciente e silvando. Uma sineta badalava com furor. E, sem mesmo atender às lindas moças que ali saracoteavam, aos bandos, afogueadas, de lenços flamejantes, o seio farto coberto de ouro, e a imagem do santo espetada no chapéu — corremos, empurrámos, furámos, saltámos para o outro vagão, já reservado, marcado por um cartão com as iniciais de Jacinto. Imediatamente o trem rolou. Pensei então no nosso Grilo, nas trinta e sete malas! E debruçado da portinhola avistei ainda junto ao cunhal da estação, sob os eucaliptos, um monte de bagagens e homens de boné agaloado que, diante delas, bracejavam com desespero.

Murmurei, recaindo nas almofadas:

— Que serviço!

Jacinto, ao canto, sem descerrar os olhos, suspirou:

— Que maçada!

Toda uma hora deslizámos lentamente entre trigais e vinhedo; e ainda o sol batia nas vidraças, quente e poeirento, quando chegámos à estação de Gondim, onde o procurador de Jacinto, o excelente Sousa, nos devia esperar com cavalos para treparmos a serra até ao solar de Torges. Por trás do jardim da estação, todo florido também de rosas e margaridas, Jacinto reconheceu logo as suas carruagens, ainda empacotadas em lona.

Mas, quando nos apeámos no pequeno cais branco e fresco — só houve em torno de nós solidão e silêncio. Nem procurador, nem cavalos! O chefe da estação, a quem eu perguntara com ansiedade "se não aparecera ali o Sr. Sousa, se não conhecia o Sr. Sousa", tirou afavelmente o seu boné de galão. Era um moço gordo e redondo, com cores de maçã camoesa, que trazia sob o braço um volume de versos. "Conhecia perfeitamente o Sr. Sousa! Três semanas antes jogara ele a manilha com o Sr. Sousa! Nessa tarde, porém, infelizmente, não avistara o Sr. Sousa!" O comboio desaparecera por detrás das fragas altas que ali pendem sobre o rio. Um carregador enrolava o cigarro, assobiando. Rente da grade do jardim, uma velha, toda de negro, dormitava agachada no chão, diante de uma cesta de ovos. E o nosso Grilo, e as nossas bagagens?... O chefe encolheu risonhamente os ombros nédios. Todos os nossos bens tinham encalhado, decerto, naquela estação de roseiras brancas que tem um nome sonoro em *ola*. E nós ali estávamos, perdidos na serra agreste, sem procurador, sem cavalos, sem Grilo, sem malas.

Para que esfiar miudamente o lance lamentável? Ao pé da estação, numa quebrada da serra, havia um casal foreiro à quinta, onde alcançámos, para nos levarem e nos guiarem a Torges, uma égua lazarenta, um jumento branco, um rapaz e um podengo. E aí começámos a trepar, enfastiadamente, estes caminhos agrestes — os mesmos, decerto, por onde vinham e iam, de monte a rio, os Jacintos do século XV. Mas, passada uma trémula ponte de pau que galga um ribeiro todo quebrado por fragas (e onde abunda a truta adorável), os nossos males esqueceram, ante a inesperada, incomparável beleza daquela terra bendita. O divino artista que está nos Céus compusera, certamente, esse monte numa das suas manhãs de mais solene e bucólica inspiração.

A grandeza era tanta como a graça... Dizer os vales fofos de verdura, os bosques quase sacros, os pomares cheirosos e em flor, a frescura das águas cantantes, as ermidinhas branqueando nos altos, as rochas musgosas, o ar de uma doçura de Paraíso, toda a majestade e toda a lindeza — não é para mim, homem de pequena arte. Nem creio mesmo que fosse para mestre Horácio. Quem pode

dizer a beleza das coisas, tão simples e inexprimível? Jacinto adiante, na égua tarda, murmurava:

— Ah! que beleza!

Eu atrás no burro, com as pernas bambas, murmurava:

— Ah! que beleza!

Os espertos regatos riam, saltando de rocha em rocha. Finos ramos de arbustos floridos roçavam as nossas faces, com familiaridade e carinho. Muito tempo um melro nos seguiu, de choupo para castanheiro, assobiando os nossos louvores. Serra bem acolhedora e amável... Ah! que beleza!

Por entre "Ahs!" maravilhados chegámos a uma avenida de faias, que nos pareceu clássica e nobre. Atirando uma nova vergastada ao burro e à égua, o nosso rapaz, com o seu podengo ao lado, gritava:

— Aqui é que estemos!

E ao fundo das faias havia com efeito um portão de quinta, que um escudo de armas de velha pedra, roída de musgo, grandemente afidalgava. Dentro já os cães ladravam com furor. E mal Jacinto e eu, atrás dele no burro de Sancho, transpusemos o limiar solarengo, correu para nós, do alto da escadaria, um homem branco, rapado como um

clérigo, sem colete, sem jaleca, que erguia para o ar, num assombro, os braços desolados. Era o caseiro, o Zé Brás. E logo ali, nas pedras do pátio, entre o latir dos cães, surdiu uma tumultuosa história que o pobre Brás balbuciava, aturdido, e que enchia a face de Jacinto de lividez e de cólera. O caseiro não esperava Sua Excelência. Ninguém esperava Sua Excelência. (Ele dizia *sua inselência*.)

O procurador, o Sr. Sousa, estava para a raia desde maio, a tratar a mãe, que levara um couce de mula. E decerto houvera engano, cartas perdidas... Porque o Sr. Sousa só contava com Sua Excelência, em setembro, para a vindima. Na casa nenhuma obra começara. E, infelizmente para Sua Excelência, os telhados ainda estavam sem telhas, e as janelas sem vidraças...

Cruzei os braços, num justo espanto. Mas os caixotes — esses caixotes remetidos para Torges, com tanta prudência, em abril, repletos de colchões, de regalos, de civilização?... O caseiro, vago, sem compreender, arregalava os olhos miúdos, onde já bailavam lágrimas. Os caixotes?! Nada chegara, nada aparecera. E na sua perturbação o Zé Brás procurava entre as arcadas do pátio, nas algibeiras das pantalonas... Os caixotes? Não, não tinha os caixotes!

Foi então que o cocheiro de Jacinto (que trouxera os cavalos e as carruagens) se acercou, gravemente. Esse era um civilizado — e acusou logo o governo. Já quando ele servia o senhor visconde de S. Francisco se tinham assim perdido, por desleixo do governo, da cidade para a serra, dois caixotes com vinho velho da Madeira e roupa branca de senhora. Por isso ele, escarmentado, sem confiança na Nação, não largara as carruagens — e era tudo o que restava a Sua Excelência: o breque, a vitória, o cupé e os guizos. Somente, naquela rude montanha não havia estradas onde elas rolassem. E como só podiam subir para a quinta em grandes carros de bois — ele lá as deixara em baixo, na estação, quietas, empacotadas na lona...

Jacinto ficara plantado diante de mim, com as mãos nos bolsos:

— E agora?

Nada restava senão recolher, cear o caldo do tio Zé Brás, e dormir nas palhas que os fados nos concedessem. Subimos. A escadaria nobre conduzia a uma varanda, toda coberta, em alpendre, acompanhando a fachada do casarão e ornada, entre os seus grossos pilares de granito, por caixotes cheios de terra, em que floriam cravos. Colhi um cravo. Entrámos. E o meu pobre Jacinto contemplou, enfim, as salas do seu solar! Eram enormes, com as altas paredes rebocadas a cal que o tempo e o abandono tinham enegrecido, e vazias, desoladamente nuas, oferecendo apenas como vestígio de habitação e de vida, pelos cantos, algum monte de cestos ou algum molho de enxadas. Nos tetos remotos de carvalho negro alvejavam manchas — que era o céu já pálido do fim da tarde, surpreendido através dos buracos do telhado. Não restava uma vidraça. Por vezes, sob os nossos passos, uma tábua podre rangia e cedia.

Parámos, enfim, na última, a mais vasta, onde havia duas arcas tulheiras para guardar o grão; e aí depusemos, melancolicamente, o que nos ficara de trinta e sete malas — os paletós alvadios, uma bengala e um *Jornal da Tarde*. Através das janelas desvidraçadas, por onde se avistavam copas de arvoredos e as serras azuis de além-rio, o ar entrava, montesino e largo, circulando plenamente como em um eirado, com aromas de pinheiro bravo. E lá de baixo, dos vales, subia, desgarrada e triste, uma voz de pegureira cantando. Jacinto balbuciou:

— É horroroso!

Eu murmurei:

— É campestre!

IV

O Zé Brás, no entanto, com as mãos na cabeça, desaparecera a ordenar a ceia para *suas inselências*. O pobre Jacinto, esbarrondado pelo desastre, sem resistência contra aquele brusco desaparecimento de toda a civilização, caíra pesadamente sobre o poial de uma janela, e dali olhava os montes. E eu, a quem aqueles ares serranos e o cantar da pegureira sabiam bem, terminei por descer à cozinha, conduzido pelo cocheiro, através de escadas e becos, onde a escuridão vinha menos do crepúsculo do que de densas teias de aranha.

A cozinha era uma espessa massa de tons e formas negras, cor de fuligem, onde refulgia ao fundo, sobre o chão de terra, uma fogueira vermelha que lambia grossas panelas de ferro, e se perdia em fumarada pela grade escassa que no alto coava a luz. Aí um bando alvoraçado e palreiro de mulheres depenava frangos, batia ovos, escarolava arroz, com santo fervor... Do meio delas o bom caseiro, estonteado, investiu para mim jurando que "a ceia de *suas inselências* não demorava um credo". E como eu o interrogava a respeito de camas, o digno Brás teve um murmúrio vago e tímido sobre "enxergazinhas no chão".

— É o que basta, Sr. Zé Brás — acudi eu para o consolar.

— Pois assim Deus seja servido! — suspirou o homem excelente, que atravessava, nessa hora, o transe mais amargo da sua vida serrana.

Voltando a cima, com estas consolantes novas de ceia e cama, encontrei ainda o meu Jacinto no poial da janela, embebendo-se todo da doce paz crepuscular, que lenta e caladamente se estabelecia sobre vale e monte. No alto já tremeluzia uma estrela, a Vésper diamantina, que é tudo o que neste céu cristão resta do esplendor corporal de Vénus! Jacinto nunca considerara bem aquela estrela — nem assistira a este majestoso e doce adormecer das coisas. Esse enegrecimento de montes e arvoredos, casais claros fundindo-se na sombra, um toque dormente de sino que vinha pelas quebradas, o cochichar das águas entre as relvas baixas — eram para ele como iniciações. Eu estava defronte, no outro poial. E senti-o suspirar como um homem que enfim descansa.

Assim nos encontrou nesta contemplação o Zé Brás, com o doce aviso de que estava na mesa a *ceiazinha*. Era adiante, noutra sala mais nua, mais negra. E aí, o meu supercivilizado Jacinto recuou com um pavor genuíno. Na mesa de pinho, recoberta com uma toalha de mãos, encostada à parede sórdida, uma vela de sebo, meio derretida num castiçal de latão, alumiava dois pratos de louça amarela, ladeados por colheres de pau e por garfos de ferro. Os copos, de vidro grosso e baço, conservavam o tom roxo do vinho que neles passara em fartos anos de fartas vindimas. O covilhete de barro com as azeitonas deleitaria, pela sua singeleza ática, o coração de Diógenes. Na larga broa estava cravado um facalhão... Pobre Jacinto!

Mas lá abancou resignado, e muito tempo, pensativamente, esfregou com o seu lenço o garfo negro e a colher de pau. Depois, mudo, desconfiado, provou um gole curto de caldo, que era de galinha e rescendia. Provou, e levantou para mim, seu companheiro e amigo, uns olhos largos que luziam, surpreendidos. Tornou a sorver uma colherada do caldo, mais cheia, mais lenta... E sorriu, murmurando com espanto:

— Está bom!

Estava realmente bom: tinha fígado e tinha moela; o seu perfume enternecia. Eu, três vezes, com energia, ataquei aquele caldo; foi Jacinto que rapou a sopeira. Mas já, arredando a broa, arredando a vela, o bom Zé Brás pousara na mesa uma travessa vidrada, que transbordava de arroz com favas. Ora, apesar de a fava (que os Gregos chamaram *ciboria*) pertencer às épocas superiores da civilização, e promover tanto a sapiência, que havia em Sícion, na Galácia, um templo dedicado a Minerva Ciboriana — Jacinto sempre detestara favas. Tentou todavia uma garfada tímida. De novo os seus olhos, alargados pelo assombro, procuravam os meus. Outra garfada, outra concentração... E eis que o meu dificílimo amigo exclama:

— Está ótimo!

Eram os picantes ares da serra? Era a arte deliciosa daquelas mulheres que em baixo remexiam as panelas, cantando o *Vira, meu bem*? Não sei — mas os louvores de Jacinto a cada travessa foram ganhando em amplidão e firmeza. E diante do frango louro, assado no espeto de pau, terminou por bradar:

— Está divino!

Nada porém o entusiasmou como o vinho, o vinho caindo de alto, da grossa caneca verde, um vinho gostoso, penetrante, vivo, quente, que tinha em si mais alma que muito poema ou livro santo! Mirando à luz de sebo o copo rude que ele orlava de espuma, eu recordava o dia geórgico em que Virgílio, em casa de Horácio, sob a ramada, cantava o fresco palhete da Rética. E Jacinto, com uma cor que eu nunca vira na sua palidez schopenháurica, sussurrou logo o doce verso:

Rethica quo te carmina dicat.

Quem dignamente te cantará, vinho daquelas serras?!
Assim jantámos deliciosamente, sob os auspícios do Zé Brás. E depois voltámos para as alegrias únicas da casa, para as janelas desvidraçadas, a contemplar silenciosamente um sumptuoso céu de verão, tão cheio de estrelas que todo ele parecia uma densa poeirada de ouro vivo, suspensa, imóvel, por cima dos montes negros. Como eu observei ao meu Jacinto, na cidade nunca se olham os astros por causa dos candeeiros — que os ofuscam: e nunca se entra por isso numa completa comunhão com o universo. O homem nas capitais pertence à sua casa, ou, se o impelem fortes tendências de sociabilidade, ao seu bairro. Tudo o isola e o separa da restante natureza — os prédios obstrutores de seis andares, a fumaça das chaminés, o rolar moroso e grosso dos ónibus, a trama encarceradora da vida urbana... Mas que diferença, num cimo de monte, como Torges! Aí todas essas belas estrelas olham para nós de perto, rebrilhando, à maneira de olhos conscientes, umas fixamente, com sublime indiferença, outras ansiosamente, com uma luz que palpita, uma luz que chama, como se tentassem revelar os seus segredos ou compreender os nossos... E é impossível não sentir uma solidariedade perfeita entre esses imensos mundos e os nossos pobres corpos. Todos são obra da

mesma vontade. Todos vivem da ação dessa vontade imanente. Todos, portanto, desde os Uranos até aos Jacintos, constituímos modos diversos de um ser único, e através das suas transformações somamos na mesma unidade. Não há ideia mais consoladora do que esta — que eu, e tu, e aquele monte, e o Sol que, agora, se esconde somos moléculas do mesmo Todo, governadas pela mesma Lei, rolando para o mesmo Fim. Desde logo se somem as responsabilidades torturantes do individualismo. Que somos nós? Formas sem força, que uma Força impele. E há um descanso delicioso nesta certeza, mesmo fugitiva, de que se é o grão de pó irresponsável e passivo que vai levado no grande vento, ou a gota perdida na torrente! Jacinto concordava, sumido na sombra. Nem ele nem eu sabíamos os nomes desses astros admiráveis. Eu, por causa da maciça e indesbastável ignorância de bacharel, com que saí do ventre de Coimbra, minha mãe espiritual. Jacinto, porque na sua ponderosa biblioteca tinha *trezentos e dezoito* tratados sobre astronomia! Mas que nos importava, de resto, que aquele astro além se chamasse Sírio e aquele outro Aldebarã? Que lhes importava a eles que um de nós fosse José e o outro Jacinto? Éramos formas transitórias do mesmo ser eterno — e em nós havia o mesmo Deus. E se eles também assim o compreendiam, estávamos ali, nós à janela num casarão serrano, eles no seu maravilhoso infinito, perfazendo um ato sacrossanto, um perfeito ato de Graça — que era sentir conscientemente a nossa unidade, e realizar, durante um instante, na consciência, a nossa divinização.

Assim enevoadamente filosofávamos — quando Zé Brás, com uma candeia na mão, veio avisar que "estavam preparadas as camas de *suas inselências...*". Da idealidade descemos gostosamente à realidade, e que vimos então nós, os irmãos dos astros? Em duas salas tenebrosas e côncavas, duas enxergas, postas no chão, a um canto, com duas cobertas de chita; à cabeceira um castiçal de latão, pousado sobre um alqueire: e aos pés, como lavatório, um alguidar vidrado em cima de uma cadeira de pau!

Em silêncio, o meu supercivilizado amigo palpou a sua enxerga e sentiu nela a rigidez de um granito. Depois, correndo pela face descaída os dedos murchos, considerou que, perdidas as suas malas, não tinha nem chinelas nem roupão! E foi ainda Zé Brás que providenciou, trazendo ao pobre Jacinto, para ele desafogar os pés, uns tremendos tamancos de pau, e para ele embrulhar o corpo, docemente educado em Síbaris, uma camisa da caseira, enorme, de estopa mais áspera que estamenha de penitente, e com folhos crespos e duros como lavores em madeira... Para o consolar, lembrei que Platão, quando compunha *O Banquete*, Xenofonte, quando comandava os Dez Mil, dormiam em piores catres. As enxergas austeras fazem as fortes almas — e é só vestido de estamenha que se penetra no Paraíso.

— Tem você — murmurou o meu amigo, desatento e seco — alguma coisa que eu leia?... Eu não posso adormecer sem ler!

Eu possuía apenas o número do *Jornal da Tarde*, que rasguei pelo meio e partilhei com ele fraternalmente. E quem não viu então Jacinto, senhor de Torges, acaçapado à borda da enxerga, junto da vela que pingava sobre o alqueire, com os pés nus encafuados nos grossos socos, perdido dentro da camisa da patroa, toda em folhos, percorrendo na metade do *Jornal da Tarde*, com os olhos turvos, os anúncios dos paquetes — não pode saber o que é uma vigorosa e real imagem do desalento!

Assim o deixei — e daí a pouco, estendido na minha enxerga também espartana, subia, através de um sonho jovial e erudito, ao planeta Vénus, onde encontrava, entre os olmos e os ciprestes, num vergel, Platão e o Zé Brás, em alta camaradagem intelectual, bebendo o vinho da Rética pelos copos de Torges! Travámos todos três bruscamente uma controvérsia sobre o século XIX. Ao longe, por entre uma floresta de roseiras mais altas que carvalhos, alvejavam os mármores de uma cidade e ressoavam cantos sacros. Não recordo o que Xenofonte sustentou acerca da civilização e do fonógrafo. De repente tudo foi turbado por fuscas nuvens, através das quais eu distinguia Jacinto, fugindo num burro que ele impelia furiosamente com os calcanhares, com uma vergasta, com berros, para os lados do *Jasmineiro*!

V

Cedo, de madrugada, sem rumor, para não despertar Jacinto, que, com as mãos sobre o peito, dormia placidamente no seu leito de granito — parti para Goães. E durante três quietas semanas, naquela vila onde se conservam os hábitos e as ideias do tempo de el-rei D. Dinis, não soube do meu desconsolado amigo, que decerto fugira dos seus tetos esburacados e remergulhara na civilização. Depois, por uma abrasada manhã de agosto, descendo de Goães, de novo trilhei a avenida de faias e entrei no portão solarengo de Torges, entre o furioso latir dos rafeiros. A mulher do Zé Brás apareceu alvoroçada à porta da tulha. E a sua nova foi logo que o Sr. D. Jacinto (em Torges, o meu amigo tinha dom) andava lá em baixo com o Sousa nos campos de Freixomil.

— Então, ainda cá está o Sr. D. Jacinto?!

Sua inselência ainda estava em Torges — e *sua inselência* ficava para a vindima!... Justamente eu reparava que as janelas do solar tinham vidraças novas; e a um canto do pátio pousavam baldes de cal; uma escada de pedreiro ficara arrimada contra a varanda; e num caixote aberto, ainda cheio de palha de empacotar, dormiam dois gatos.

— E o Grilo apareceu?

— O Sr. Grilo está no pomar, à sombra.

— Bem! e as malas?

— O Sr. D. Jacinto já tem o seu saquinho de couro...

Louvado Deus! O meu Jacinto estava, enfim, provido de civilização! Subi contente. Na sala nobre, onde o soalho fora composto e esfregado, encontrei uma mesa recoberta de oleado, prateleiras de pinho com louça branca de Barcelos e cadeiras de palhinha, orlando as paredes muito caiadas que davam uma frescura de capela nova. Ao lado, noutra sala, também de faiscante alvura, havia o conforto inesperado de três cadeiras de verga da Madeira, com braços largos e almofadas de chita; sobre a mesa de pinho, o papel almaço, o candeeiro de azeite, as penas de pato espetadas num tinteiro de frade, pareciam preparadas para um estudo calmo e ditoso das humanidades; e na parede, suspensa de dois pregos, uma estantezinha continha quatro ou cinco livros, folheados e usados, o *D. Quixote*, um Virgílio, uma *História de Roma*, as *Crónicas* de Froissart. Adiante era certamente o quarto de D. Jacinto, um quarto claro e casto de estudante, com um catre de ferro, um lavatório de ferro, a roupa pendurada de cabides toscos. Tudo resplandecia de asseio e ordem. As janelas cerradas defendiam do sol de agosto, que escaldava fora os peitoris de pedra. Do soalho, borrifado de água, subia uma fresquidão consoladora. Num velho vaso azul um molho de cravos alegrava e perfumava. Não havia um rumor. Torges dormia no esplendor da sesta. E envolvido naquele repouso de convento remoto, terminei por me estender numa cadeira de verga junto à mesa, abri languidamente o Virgílio, murmurando:

Fortunate Jacinthe! tu inter arva nota
Et fontes sacros frigus captabis opacum.

Já mesmo irreverentemente adormecera sobre o divino bucolista, quando me despertou um brado amigo. Era o nosso Jacinto. E imediatamente o comparei a uma planta, meio murcha e estiolada no escuro, que fora profusamente regada e revivera em pleno sol. Não corcovava. Sobre a sua palidez de supercivilizado, o ar da serra ou a reconciliação com a vida tinham espalhado um tom trigueiro e forte que o virilizava soberbamente. Dos olhos, que na cidade eu lhe conhecera sempre crepusculares, saltava agora um brilho de meio-dia, decidido e largo, que mergulhava francamente na beleza das coisas. Já não passava as mãos murchas sobre a face — batia com elas rijamente na coxa... Que sei eu?! Era uma reencarnação. E tudo o que me contou, pisando alegremente com os sapatos brancos o soalho, foi que se sentira, ao fim de três dias em Torges, como desanuviado, mandara comprar um colchão macio, reunira cinco livros nunca lidos, e ali estava...

— Para todo o verão?

— Para todo o sempre! E agora, homem das cidades, vem almoçar umas trutas que eu pesquei, e compreende enfim o que é o Céu.

As trutas eram, com efeito, celestes. E apareceu também uma salada fria de couve-flor e vagens, e um vinho branco de Azães... Mas quem condignamente vos cantará, comeres e beberes daquelas serras?

De tarde, finda a calma, passeámos pelos caminhos coleando a vasta quinta, que vai de vales a montes. Jacinto parava a contemplar com carinho os milhos altos. Com a mão espalmada e forte batia no tronco dos castanheiros, como nas costas de amigos recuperados. Todo o fio de água, todo o tufo de erva, todo o pé de vinha o ocupava como vidas filiais por que fosse responsável. Conhecia certos melros que cantavam em certos choupos. Exclamava enternecido:

— Que encanto, a flor do trevo!

À noite, depois de um cabrito assado no forno, a que mestre Horácio teria dedicado uma ode (talvez mesmo um carme heroico), conversámos sobre o Destino e a Vida. Eu citei, com discreta malícia, Schopenhauer e o *Eclesiastes*... Mas Jacinto ergueu os ombros, com seguro desdém. A sua confiança nesses dois sombrios explicadores da vida desaparecera, e irremediavelmente, sem poder mais voltar, como uma névoa que o sol espalha. Tremenda tolice! Afirmar que a vida se compõe, meramente, de uma longa ilusão — é erguer um aparatoso sistema sobre um ponto especial e estreito da vida, deixando fora do sistema toda a vida restante, como uma contradição permanente e soberba. Era como se ele, Jacinto, apontando para uma urtiga, crescida naquele pátio, declarasse, triunfalmente: "Aqui está uma urtiga! Toda a quinta de Torges, portanto, é uma massa de urtigas." — Mas bastaria que o hóspede erguesse os olhos para ver as searas, os pomares e os vinhedos!

De resto, desses dois ilustres pessimistas, um, o alemão, que conhecia ele da vida — dessa vida de que fizera, com doutoral majestade, uma teoria definitiva e dolente? Tudo o que pode conhecer quem, como este genial farsante, viveu cinquenta anos numa soturna hospedaria de província, levantando apenas os óculos dos livros para conversar, à mesa-redonda, com os alferes da guarnição! E o outro, o israelita, o homem dos *Cantares*, o muito pedantesco rei de Jerusalém, só descobre que a vida é uma ilusão aos setenta e cinco anos, quando o poder lhe escapa das mãos trémulas, e o seu serralho de trezentas concubinas se torna ridiculamente supérfluo à sua carcaça frígida. Um dogmatiza funebremente sobre o que não sabe — e o outro sobre o que não pode. Mas que se dê a esse bom Schopenhauer uma vida tão completa e cheia como a de César, e onde estará o seu schopenhauerismo? Que se restitua a esse sultão, besuntado de literatura, que tanto edificou e professorou em Jerusalém, a sua virilidade — e onde estará o *Eclesiastes*? De resto, que importa bendizer ou maldizer da vida? Afortunada ou dolorosa, fecunda ou vã, ela tem de ser vivida. Loucos aqueles que, para a atravessar, se embrulham desde logo em pesados véus de tristeza e desilusão, de sorte que na sua estrada tudo lhes seja negrume, não só as léguas realmente escuras, mas mesmo aquelas em que cintila um sol amável. Na Terra tudo vive — e só o homem sente a dor e a desilusão da vida. E tanto mais as sente, quanto mais alarga e acumula a obra dessa inteligência que o torna homem, e que o separa da restante natureza, impensante e inerte. É no máximo de civilização que ele experimenta o máximo de tédio. A sapiência, portanto, está em recuar até esse honesto mínimo de civilização, que consiste em ter um teto de colmo, uma leira de terra e o grão para nela semear. Em resumo, para reaver a felicidade, é necessário regressar ao Paraíso — e ficar lá, quieto, na sua folha de vinha, inteiramente desguarnecido de civilização, contemplando o anho aos saltos entre o tomilho, e sem procurar, nem com o desejo, a árvore funesta da Ciência! *Dixi*!

Eu escutava, assombrado, este Jacinto novíssimo. Era verdadeiramente uma ressurreição no magnífico estilo de Lázaro. Ao *surge et ambula* que lhe tinham sussurrado as águas e os bosques de Torges, ele erguia-se do fundo da cova do Pessimismo, desembaraçava-se das suas casacas de Poole, *et ambulabat*, e começava a ser ditoso. Quando recolhi ao meu quarto, àquelas horas honestas que convêm ao campo e ao Otimismo, tomei entre as minhas a mão já firme do meu amigo, e pensando que ele, enfim, alcançara a verdadeira realeza, porque possuía a verdadeira liberdade, gritei-lhe os meus parabéns à maneira do moralista de Tíbure:

Vive et regna, fortunate Jacinthe!

Daí a pouco, através da porta aberta que nos separava, senti uma risada fresca, moça, genuína e consolada. Era Jacinto que lia o *D. Quixote*. Oh bem-aventurado Jacinto! Conservava o agudo poder de criticar e recuperara o dom divino de rir!

Quatro anos vão passados. Jacinto ainda habita Torges. As paredes do seu solar continuam bem caiadas, mas nuas.

De inverno enverga um gabão de briche e acende um braseiro. Para chamar o Grilo ou a moça, bate as mãos, como fazia Catão. Com os seus deliciosos vagares, já leu a *Ilíada*. Não faz a barba. Nos caminhos silvestres, para e fala com as crianças. Todos os casais da serra o bendizem. Ouço que vai casar com uma forte, sã e bela rapariga de Goães. Decerto crescerá ali uma tribo, que será grata ao Senhor!

Como ele, recentemente, me mandou pedir livros da sua livraria (uma *Vida de Buda*, uma *História da Grécia* e as obras de S. Francisco de Sales) fui, depois destes quatro anos, ao *Jasmineiro* deserto. Cada passo meu sobre os fofos tapetes de Caramânia soou triste como um chão de mortos. Todos os brocados estavam engelhados, esgaçados. Pelas paredes pendiam, como olhos fora de órbitas, os botões elétricos das campainhas e das luzes — e havia vagos fios de arame, soltos, enroscados, onde a aranha regalada e reinando tecera teias espessas. Na livraria, todo o vasto saber dos séculos jazia numa imensa mudez, debaixo de uma imensa poeira. Sobre as lombadas dos sistemas filosóficos alvejava o bolor: vorazmente a traça devastara as Histórias Universais: errava ali um cheiro mole de literatura apodrecida — e eu abalei, com o lenço no nariz, certo de que naqueles vinte mil volumes não restava uma verdade viva! Quis lavar as mãos, maculadas pelo contacto com estes detritos de conhecimentos humanos. Mas os maravilhosos aparelhos do lavatório, da sala de banho, enferrujados, perros, dessoldados, não largaram uma gota de água; e, como chovia nessa tarde de abril, tive de sair à varanda, pedir ao céu que me lavasse.

Ao descer, penetrei no gabinete de trabalho de Jacinto e tropecei num montão negro de ferragens, rodas, lâminas, campainhas, parafusos... Entreabri a janela e reconheci o telefone, o teatrofone, o fonógrafo, outros aparelhos, tombados das suas peanhas, sórdidos, desfeitos sob a poeira dos anos. Empurrei com o pé este lixo do engenho humano. A máquina de escrever, escancarada, com os buracos negros marcando as letras desarraigadas, era como uma boca alvar e desdentada. O telefone parecia esborrachado, enrodilhado nas suas tripas de arame.

Na trompa do fonógrafo, torta, esbeiçada, para sempre muda, fervilhavam carochas. E ali jaziam, tão lamentáveis e grotescas, aquelas geniais invenções, que eu saí rindo, como de uma enorme facécia, daquele supercivilizado palácio.

A chuva de abril secara: os telhados remotos da cidade negrejavam sobre um poente de carmesim e ouro. E, através das ruas mais frescas, eu ia pensando que este nosso magnífico século XIX se assemelharia um dia àquele *Jasmineiro* abandonado, e que outros homens, com uma certeza mais pura do que é a Vida e a Felicidade, dariam, como eu, com o pé no lixo da supercivilização e, como eu, ririam alegremente da grande ilusão que findara, inútil e coberta de ferrugem.

Àquela hora, decerto, Jacinto, na varanda em Torges, sem fonógrafo e sem telefone, reentrado na simplicidade, via, sob a paz lenta da tarde, ao tremeluzir da primeira estrela, a boiada recolher entre o canto dos boieiros.

Eça de Queirós
1845-1900

José Maria Eça de Queirós nasceu a 25 de novembro de 1845, na Póvoa de Varzim. Filho de José Maria Teixeira de Queirós e Carolina Augusta Pereira d'Eça, com 16 anos, foi para Coimbra estudar Direito, tendo aí sido amigo de Antero de Quental.

Os seus primeiros trabalhos, publicados na revista *Gazeta de Portugal*, foram compilados, postumamente, sob o título *Prosas Bárbaras*. Em 1869 e 1870, viajou para o Egito e visitou o canal do Suez, ainda em construção, o que inspirou diversos dos seus trabalhos, como o *Mistério da Estrada de Sintra* (1870) e *A Relíquia* (1887).

Em 1871, foi um dos participantes das chamadas Conferências do Casino. Quando foi para Leiria trabalhar como administrador municipal, escreveu a sua primeira novela realista da vida portuguesa: *O Crime do Padre Amaro* (1875). Aparentemente, Eça de Queirós passou os anos mais produtivos da sua vida em Inglaterra, como cônsul de Portugal em Newcastle e em Bristol. Escreveu então algumas das suas obras mais importantes: *A Capital*, escrita numa prosa hábil, plena de realismo; *Os Maias* e *O Mandarim*, escritas em Bristol e Paris, respetivamente. O seu último livro foi *A Ilustre Casa de Ramires*, sobre um fidalgo do século XIX com problemas em se reconciliar com a grandeza da sua linhagem.

Os seus trabalhos foram traduzidos em aproximadamente 20 línguas. Morreu em Paris, em 1900.

A Aia 5

O Suave Milagre 17

Civilização 35

coleção educação literária

7.º ano
- A Ilha do Tesouro
- A Pesca da Baleia e outras narrativas
- O Castelo de Faria e outras narrativas

8.º ano
- A Abóbada
- Vanessa vai à Luta
- História Breve da Lua
- Só
- Folhas Caídas e Flores sem Fruto (uma seleção)

9.º ano
- O Fantasma de Canterville
- O Alienista
- Maria Moisés
- Auto da Barca do Inferno
- Auto da Índia
- A Aia e outros contos
- Poesias — Ortónimo (uma seleção)

10.º ano
- Farsa de Inês Pereira
- Auto da Feira
- História Trágico-Marítima

11.º ano
- A Abóbada
- Sermão de Santo António
- Frei Luís de Sousa
- O Livro de Cesário Verde (uma seleção)

12.º ano
- George e Seta Despedida
- Poesias — Ortónimo (uma seleção)